La vieille mentalité française

Édition : BoD – Books on Demand, 12/14 rond-point des Champs-Élysées, 75008 Paris
Impression : BoD - Books on Demand, Norderstedt, Allemagne
ISBN : 9782322388226
Dépôt légal : Novembre 2021

Neimad Siobud

La vieille mentalité française

Préambule

Regardez « La Vieille Mentalité française dans toute sa Splendeur » sur YouTube

https://youtube.com/shorts/sHxyZXrHolk?feature=share

« C'est l'histoire d'un mec qui veut acheter des escargots.

Il va chez un marchand d'escargots et le marchand d'escargots a deux bassines,

Une avec couvercle et une sans.

Alors il demande :

— Mais pourquoi il y a un couvercle sur cette bassine ?

— Ah ! Ça, monsieur, c'est parce que dans cette bassine, vous avez des escargots anglais.

L'escargot anglais, vous avez beau faire ce que vous voulez, il essaie d'escalader la bassine pour se barrer, donc il faut mettre un couvercle, car sinon à la fin de la journée, la bassine est vide.

— Et l'autre bassine alors ? Qu'est-ce qu'il se passe ? Ils sont malades, vos petits escargots ? Pourquoi il n'y a pas de couvercle ?

— Ah non, monsieur, ils sont très bien, ces petits escargots, mais en fait, ces escargots, ce sont des escargots français, il n'y a pas besoin de mettre le couvercle. Parce que chaque fois qu'il y en a un qui essaie d'escalader le rebord, tout le monde lui saute dessus pour le ramener au fond… »

I - Ça tire vers le bas !

— Ce qui est bien avec toi, c'est qu'elles sont toutes courtes, les vidéos, et elles donnent le meilleur. 😃

— Et elles sont drôles… 😃

Oh que je plains ce peuple d'escargots… auquel j'ai l'outrecuidance de revendiquer que je n'appartiens plus !

— Oui, les plus courtes sont… les moins longues. 😃

Mais c'est vrai que bon nombre tirent vers le centre de la cuvette, le bas, au lieu de pousser vers le haut.

Tu as appris les bons réflexes, Paddy. Mon souci est que quand on me tire vers le bas, je donne sa chance à l'autre de continuer l'ascension avec moi.

Toi, tu me pousses vers le haut, mais à l'altitude où on est tous les deux, il y a de moins en moins d'oxygène, c'est du sport de haut vol. 😃

J'y ai réfléchi encore un peu et me suis dit que le socialisme, c'est « on y va tous ensemble ou on n'y va pas », c'est un peu ça et à l'échelle d'une planète, c'est viable : tirer les autres peuples vers le « haut » (faut-il justement s'entendre sur ce qu'est le haut, pour moi, c'est du social pour tous, ceux qui n'ont pas le « mérite » doivent au moins être instruits).

Après, il ne faut pas tout confondre :

1. La politique c'est autre chose (d'incompréhensible, de non cartésien, car elle ne s'applique pas aux dirigeants) ;

2. Si on a de l'air dans notre douce France autour d'un banquet, on est bien gaulois et la cuvette sans couvercle est confortable.

Amitiés,

— Il n'y a pas très longtemps, y'en a eu quand même pour mettre un sacré couvercle sur la cuvette…

Pour continuer à rire un peu, OK pour le manque d'oxygène, mais comme on n'est que deux, ça va le faire… quant aux autres, il ne faut pas oublier les effets des monoxydes et dioxydes de carbone… et le mal des profondeurs dû à la pression : tout ça endort aussi et fait tourner la tête… bref, il faut choisir son mode de respiration pauvre en O_2 ou riche en CO_2. ☺

Quant au socialisme… eh bien, OK pour être d'accord avec toi ; mais j'ai eu une grosse discussion sérieuse avec Elie… faut-il encore de la démocratie ? Elle disait que oui, et moi, je doute… depuis le temps qu'on nous donne à voter, je suis inquiet de la capacité à choisir collectivement de monter ensemble même si c'est dur et j'ai trop peur que tous ne cherchent qu'à nous redescendre…

Sur le net, j'ai revu ce merveilleux film sur la cité souterraine oubliée, *La Cité de l'ombre.*

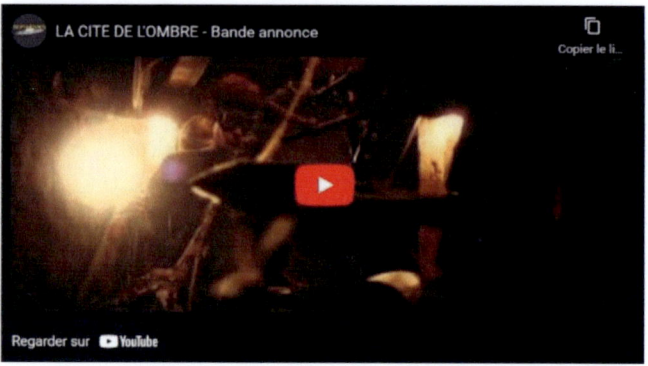

https://www.youtube.com/watch?v=FAbpm3zx-G0

… c'est un peu comme pour Sodome… ils ne sont pas nombreux à choisir de sortir.

— Tu sais, c'est le couvercle, le dictateur, il peut y avoir des soupières avec ceux qui aiment rester dedans et ceux qui veulent en sortir, l'homme aime la main qui le nourrit.

Le problème, ce n'est pas l'escargot, c'est le couvercle !!

— Ou celui qui le pose ???

— Pas mal, l'O_2 et le CO_2.

Je ne sais pour la dictature, je pencherais plus pour l'intuition féminine que l'intellectualisme. La femme ressent peut-être plus, c'est ce qui nous empêche de mûrir.

Mais d'expérience, je sais qu'il est sans doute impossible de faire le bonheur de quelqu'un malgré lui.

Mon père ainsi était un tyran (pour les journalistes et ma sœur), mais je le comprenais et me détruisais.

Je regarderai la vidéo, mais là j'ai besoin de H_2O pour la douche.

Tu as vu *Salò ou les 120 Journées de Sodome* ? Pier Paolo Pasolini en 1975 (si j'ai bonne mémoire), 1983-85 pour moi. C'est horrible, le nazisme sous cet angle, ne rien ressentir de la souffrance de l'autre, ne voir que sa propre jouissance.

Il n'y a dans cette dictature même plus d'intellectualisation, que du primaire jusqu'à aimer manger sa merde.

À bientôt, douche au chaud oblige.

— Alors profite de l'H_2O…

Et non je n'ai pas vu ce film étrange… celui que je te propose est visible sur le net, je peux le rechercher, si tu veux, il contient tout de même un peu d'espoir et finit plus lumineux que noir.

— Attends que je regarde ce soir le lien que tu m'as donné.

Mais tu sais, ce n'est pas l'humain qui t'aliène, mais ton travail, il est fait de personnes trop demandeuses. Ton travail t'invente des contraintes que normalement, un village assume ensemble. C'est la déformation professionnelle qui fait que tu tends toujours le pied à plus petit pour l'aider à grimper et tu ne t'en rends plus compte : déformation professionnelle, tu en viens à te demander par un excès de social, de liens s'il ne faut pas couper les liens. De mon côté, je les aime non accaparants.

C'est l'obligation de social qui est dangereuse, néfaste. Regarde le social pour Kiki, ma conjointe handicapée, je l'ai voulu, ou bien voulu, c'est quand j'en fais une obligation que ce n'est pas naturel, que ça ne va pas.

C'est une question de choix, comme tu dis, et donc de valeurs.

Je donnais beaucoup de valeur au cœur de Kiki grand comme moi, pour faire le choix vers elle. Après le choix est lourd à assumer, comme une enfant, et un jour, l'enfant s'envole et tu te retrouves comme un con. Sauf s'il y a gratitude.

Peut-être tes « enfants » volent-ils de leurs propres ailes et tu es en manque de gratitude. Il y a accoutumance avec ce (ceux) qu'on aime et/ou les ruptures ont été trop rapides, ou pas assez compensées.

Mais ces accoutumances qui augmentent prouvent une seule chose : l'homme est un être en manque et vieillir, c'est agrandir le trou ― ça, c'est une très belle phrase et une très belle idée ―, devoir faire le deuil de compensations, pour une bonne part. Mieux tu as bossé, plus il devrait y avoir de compensation.

― Et ça, c'est une putain de belle idée politique, hyper utopiste… une plus-value dans la retraite en fonction des plus-values sociales des activités produites… la retraite étant elle-même un retour uniquement sur les plus-values économiques, qui sont donc déjà largement récompensées.

― Mon souci est que le travail ne demande pas d'intelligence du cœur dans certains métiers et ceux-là sont trop bien rémunérés par rapport à la sensibilité donnée dans le travail.

Ma sœur « intello » (prof des écoles) a bossé sans tant de cœur (week-ends et vacances non accaparants), elle a une trop bonne retraite comparativement à moi qui ai refusé de bosser sans intelligence : mater des gosses, comme fait Macron, il nous mate pour SA croissance (6,25 % en octobre 2021). C'est déjà une dictature et comme des gosses, on s'y fait pour un temps.

― Et ça c'est puissant : l'absence de choix ― travailler sans cœur ou sans intelligence… ou travailler sans cœur et sans intelligence —, juste un rouage grassement huilé bien graissé… tous matés de toute idée de rébellion par le mirage de la croissance.

— Paddy, j'ai regardé la bande-annonce.

Je retiens : « si tu as une preuve, tu ne dois pas abandonner ! »

Par rapport aux dictatures, on a dit « plus jamais ça ! » et il y a assez de témoignages comme ça…

Par rapport au réchauffement climatique, il semble qu'on soit trop nombreux de trop modernes (énergivores). Je n'ai pas de preuve catégorique, on peut peut-être planter des arbres, réduire les naissances et compter sur les morts naturelles malgré les compensations par plantation d'arbres. Si la dictature de l'écologie est inévitable, il faut le prouver, moi, je sais que je n'aurai pas d'enfant, c'est la dictature que je me suis imposée et ça a fait un mort-né.

Maintenant, ce n'est pas moi qui sauverai le monde, tout ce que je peux faire peut-être, c'est planter des arbres (j'en plante déjà pour 3 euros/mois au Pérou *via* Hellocarbo.com)

Là, j'essaie d'acheter un terrain de 1500 m² pour ça.

Amitiés, Kiki vient de rentrer

Signé : votre O_2+ $\frac{1}{2}$ CO_2 (le chaton de deux ans 😁))

— Trop de force de frappe dans chacun de tes mots, nous sommes de par cette vidéo aujourd'hui avec des esprits très affûtés… pas ce soir, parce que trop de travail… mais je vais prendre le temps chaque jour de répondre à chaque courriel… donc on est d'accord… le problème, c'est pour une part le couvercle, et pour l'autre la bassine… on pourra en reparler… Ce serait un bel objet céramique.

La suite demain matin…

Je repars travailler.

— Pause, Paddy, quand je bossais le soir (écrivain, comme vendeur avec Amazon), mon médecin me disait que ce ne sont pas des heures pour le boulot.

Merci pour ces échanges, en tout cas, et c'est vrai, la bassine, de nos jours, avec notre ubiquité…

Amitiés,

— Mes excuses pour la force de frappe, Paddy, par internet, on ne se rend pas compte. Déjà, je retire aussi les points d'exclamation, moi-même, ça me blesserait. Tu vois, j'ai beau avoir un peu de culture anglophone, prédomine la française (mais pas assez consciemment).

Amitiés, Paddy, mes excuses encore.

— Lu. (Ce n'étaient pas les ! qui me marquent, mais la forme et la profondeur de certaines phrases…)

II - Le style, c'est le contenu ?

Respect de la personnalité de « l'artisan ».

C'est sûr que le style n'est pas académique et tant mieux, l'académie éduque les goûts et l'esthétique, ça se transcende. Je ne veux surtout pas refaire ce qui peut être refait par un autre… Autrement, c'est mettre l'artiste et son œuvre « en boîte », mettre le couvercle… Laissons-le nous montrer le chemin pour s'envoler, nous, tristes escargots.

Cf. : Claude François et la Stigmatisation de l'art ?! (sur mon réseau social professionnel préféré).

NOMS des Peintres les plus connus.	*Composition.*	*Deffein.*	*Coloris.*	*Expreffion.*
Pouffin,	15	17	6	15
Primatice.	15	14	7	10
R				
Raphaël Santio.	17	18	12	18
Rembrant.	15	6	17	12
Rubens.	18	13	17	17
S				
Fr. Salviati,	13	15	8	8
Le Sueur.	15	15	4	15
T.				
Teniers.	15	12	13	6
Pietre Tefte.	11	15	0	6
Tintoret.	15	14	16	4
Titien.	12	15	18	6
V				
Vanius.	13	15	12	13
Vendeïk.	15	10	17	13

A) COMMENT PEUT-ON OSER NOTER UN ARTISTE !

Comment peut-on oser noter un artiste ! C'est stigmatiser l'art, enlever toute confiance en lui à quelqu'un qui ne fait pas Obligatoirement pour tous. Cela me révolte que l'école n'accepte pas LA DIFFÉRENCE. Surtout quand le jury est incapable de voir ces ou CETTE DIFFÉRENCE. Claude François a raté une vocation de CRITIQUE RATÉ, affranchissant tout nouveau concept du vocabulaire, LE RESSENTI GLOBAL DU CLIENT, par exemple ! Je suis fier d'avoir raté le concours de l'IUFM avec une note éliminatoire de 2,5/20 par un jury immature de 5 PLOUCS EN INDRE-ET-LOIRE !

Même si une œuvre ne plaît qu'à un amateur, cette œuvre est UNIQUE, elle n'a pour seule obligation que de GARDER UN CONSERVATEUR pour les temps futurs, MÊME PAS UN AMATEUR, juste un MÉCÈNE OU CLIENT !

BON SANG DE CONS !!!

Désolé pour les fautes, c'est de l'expression Art brut de quelqu'un en colère…

Si vous regardez bien au fond de ces notes, ce sont les OUTILS d'une construction ÉLITISTE ET ÉGOCENTRIQUE JUDÉO-CHRÉTIENNE NÉGATIONNISTE DE LA CULTURE (ET DE

SON ÉVOLUTION), qui font d'un Adolf un *Führer* et nous inventeront une 4e Guerre mondiale.

En lien avec ce post très instructif (par Marc Lefrançois) :

« Nous savons tous qui a inventé l'école, mais qui a eu l'idée de mettre des notes sur 20 ?

Claude François !

Bon, il me faut fortement nuancer ma réponse.

D'abord, il ne s'agit pas du Cloclo chantant et virevoltant qu'on connaît, mais d'un moine franciscain — frère Luc — et peintre de grand talent (il assistera Nicolas Poussin pour certains de ses travaux).

Théoricien de l'art, il aurait transmis à son élève Roger de Piles ses conceptions esthétiques et ses principes d'enseignement artistique. Devenu à son tour peintre, précepteur et théoricien, Roger de Piles développera ces idées dans un traité qui fera sa renommée (il est notamment à l'origine de l'expression « clair-obscur »).

Son ouvrage majeur, publié en 1708, *Cours de peinture par principes,* contient les fondements de sa théorie sur l'art ainsi que son système de notation qui sera mis en application dans les lycées français, où les travaux des élèves seront notés sur 20.

Quelques exemples sont donnés dans un chapitre intitulé "La Balance des peintres", où quelques-uns des peintres les plus connus sont évalués sur une échelle de 0 à 20 selon la qualité de leur expression et l'originalité de leurs compositions, de leurs dessins et de leurs coloris. Raphaël et Rubens sont les mieux notés, alors qu'Albrecht Dürer n'obtient la moyenne dans aucune catégorie et que Bellini et Le Caravage se voient attribuer un 0/20 en expression ! »

B) ÉCHANGES : L'OUVERTURE

Ben oui, c'est inutile et desséchant, comme toute prise de position s'érigeant en normalisation de lecture.

Les barèmes d'analyse doivent être discutés et choisis avec les participants à la sélection pour une lecture commune de l'évaluation.

Sinon c'est une évaluation du seul point de vue d'une seule personne, ça ne concerne qu'elle, il n'y a pas à en faire une norme d'évaluation.

Donc ne pas se mettre en colère, juste hausser les sourcils ou les épaules !

L'Annanyme

— Rien que l'idée de « noter une œuvre d'art » me paraît saugrenue, pour ne pas dire d'un mécanisme débile qui me révolte : elle plaît ou pas : peut-on noter, par exemple, une présence d'inspiration intuitive ? L'appréciation, de plus, avec le temps de maturation de l'œuvre, peut d'ailleurs beaucoup évoluer.

Si on est au contraire amateur d'art, on peut se faire POUR SOI sa propre appréciation, mais plutôt qu'évaluer, justement, soi-même apprendre à aimer l'œuvre, plus s'autoévaluer SOI-MÊME dans sa compréhension de l'œuvre que l'inverse.

Même l'auteur de l'œuvre, s'il sait à quel titre et quelle hauteur il aime son œuvre, ne peut non plus tout en dire, être assez objectif, il est trop impliqué. Il ne connaît pas lui-même la part faite par mimétisme de sa création.

Enfin le chiffre est fait pour le calcul (intéressé), à opposer à l'amour (désintéressé). C'est de la vulgarisation au lieu d'émancipation d'une œuvre, voilà, grossièrement ce qui me révolte, ajouté au fait qu'on puisse considérer comme normal d'évaluer POUR LES AUTRES une œuvre faite avec, elle, passion et non calcul.

C) ANTHROPOLOGIE : « LES IMAGES PEUVENT-ELLES CHANGER LE MONDE ? »

Bien sûr, l'art doit parler à la sensibilité de chacun avec une réception personnelle « j'aime ou pas », on peut faire aussi des commentaires très personnels sur les effets sensibles que ça procure, les rêveries dans lesquelles ça nous plonge (« l'art, ça nous regarde »), la curiosité qu'on a des œuvres d'art est aussi faite de l'effet de surprise qu'elles produisent, la surprise étant ensuite ressentie comme bonne ou mauvaise selon que la vision renvoie à de « bonnes » ou « mauvaises » « images » (elle plaît ou pas), c'est une appréciation non quantifiable, non explicable, sauf à décortiquer, et ce n'est plus de l'œuvre qu'on parle mais de l'imaginaire qu'a produit l'œuvre.

J'ai vu sur Arte 28 Minutes hier soir la présentation d'un livre de l'anthropologue Philippe Descola, *Les Formes du visible,* très intéressant, le titre de l'interview était « les images peuvent-elles changer le monde ? »

Pour moi, c'est certain, il y a une influence sur le regardeur. En quoi cela va de façon importante changer grandement les comportements ? En tout cas, c'est une question…

Amitiés,

L'Annanyme

CONCLUSION

Le travail académique est d'éduquer les goûts, ça, on le sait !

L'intelligence, ne serait-ce pas, plutôt que d'éduquer les goûts par le rapport de force, même si la logique est une force, comme l'autorité, de les aider à évoluer par l'intelligence du CŒUR, n'est-ce pas un Objectif ? La bonne volonté naturelle, l'amour sain et désintéressé de l'être comme de ses paroles, pensées, actes et travaux, l'humour ne doivent-ils pas être nos nouvelles Mentalités ?

Pourquoi me suis-je permis de mettre des photos de l'humoriste aux escargots dont je ne connais même pas le nom ?

— Parce que je l'admire et veux le tirer vers le haut, tout comme les images des escargots en faïence.

Il en est de même pour le texte de Marc Lefrançois, je les approuve et je veux les faire connaître, texte comme auteur.

Damien Siobud

Épilogue

— J'ai lu il y a peu qu'on trouve des neurones dans le cœur. Une question (vu l'endroit des neurones), quel facteur, coefficient donne-t-on à cette intelligence, ce petit nombre de neurones au regard d'un Q.I. ?

— Prochain sujet : L'art, la vie, une question de confiance ? (À vous de répondre, je vous fais confiance…)

— Cette œuvre est délibérément construite de façon anarchiste ou débonnaire, pour que vous essayiez de faire une évaluation globale de votre ressenti spontané et *a posteriori* de lecture, s'il existe. La question étant : cette évaluation est-elle nécessaire ?

— « Ça tire vers le bas ! » (en bons Français que nous sommes 😀)

Table des matières

Préambule..7

I - Ça tire vers le bas ! 10

II - Le style, c'est le contenu ? 19

Épilogue 27

Du même Auteur

Aux Éditions du Net :

Linou, Lila et nous, novembre 2017

Les Petits Petons et les temps suspendus, février 2018

Ma plume à Pierrot/ My pen for Pierrot, février 2018

Où (en) suis-je ? Les Editions du net, août 2019

Les petits saints, Les Editions du net, janvier 2020

Aux Éditions Muse :

Le Post de Soissons, mai 2019

Nouvelles de caractères, juin 2019

Books on Demand :

À la Zone le GAFFEUR, septembre 2020

DEUX LETTRES : Je t'aime ET dans la dignité, septembre 2020

Les Pensées suspendues de Dadu, octobre 2020

Ex-time et In-time : l'humain debout, octobre 2020

Ce Qu'elle PEUT Voir Tomes 1-2-3, décembre 2020

Un déménagement presque normal, septembre 2021

Dans ma culture…, octobre 2021

Editions Jets d'encre :

Le Recueil de Pierrot, Juillet 2021

Édition : BoD – Books on Demand, 12/14 rond-point des Champs-Élysées, 75008 Paris
Impression : BoD - Books on Demand, Norderstedt, Allemagne
ISBN : 9782322388226
Dépôt légal : Novembre 2021